Jacques Normand, Constant Coquelin

Les écrevisses

Fantaisie en vers

Antigonos

Jacques Normand, Constant Coquelin

Les écrevisses

Fantaisie en vers

Réimpression inchangée de l'édition originale de 1879.

1ère édition 2024 | ISBN: 978-3-38815-996-6

Antigonos Verlag est une marque de Outlook Verlagsgesellschaft mbH.

Verlag (Éditeur): Outlook Verlag GmbH, Zeilweg 44, 60439 Frankfurt, Deutschland, info@outlook-verlag.de
Vertretungsberechtigt (Représentant autorisé): E. Roepke, Zeilweg 44, 60439 Frankfurt, Deutschland
Druck (Imprimerie): Libri Plureos GmbH, Friedensallee 273, 22763 Hamburg, Deutschland

LES
ÉCREVISSES

Imprimerie Générale de Châtillon-s-Seine. — J. Robert.

JACQUES NORMAND

LES ÉCREVISSES

FANTAISIE EN VERS

DITE PAR

M. C. COQUELIN, *de la Comédie-Française*

DESSINS DE

S. ARCOS

PARIS

TRESSE, ÉDITEUR

GALERIE DU THÉATRE-FRANÇAIS

PALAIS-ROYAL

—

1879

Tous droits réservés

A

MON AMI C. COQUELIN

LES ÉCREVISSES

I

Trente-neuf ans, fortune ronde,
Célibataire et bon garçon,
Depuis qu'on m'avait mis au monde
J'habitais à Pont-à-Mousson.
Jamais — de mes destins propices
Poursuivant le cours régulier —
Je n'avais mangé d'écrevisses
En cabinet particulier.

II

Fidèle à ma ville natale,
Je n'attachais que peu de prix
Aux plaisirs de la capitale...
Je ne connaissais pas Paris.
De ce foyer de tous les vices
Je savais — détail familier! —
Qu'on y mangeait des écrevisses
En cabinet particulier.

III

Avez-vous connu Véronique?...

Ma tante?... Non?... — Ça ne fait rien!

Me trouvant son parent unique

Quand elle mourut, j'eus son bien.

Je dus, pour certains bénéfices,

Gagner Paris, comme héritier...

Et je songeais aux écrevisses

En cabinet particulier.

IV

Cependant, réglant mes affaires,

Je refis vite mon paquet,

Car Paris ne me plaisait guères

Et Pont-à-Mousson me manquait.

J'allais partir plein de délices,

Quand j'eus le désir singulier

D'aller manger des écrevisses

En cabinet particulier.

V

C'était ma dernière soirée.

Quand vers six heures moins le quart

— Heure à mon dîner consacrée —

Je descendis au boulevard :

De Brébant, lieu des plus propices,

Je gravis le large escalier...

Et commandai des écrevisses

En cabinet particulier.

VI

Nous avions un salon praliné...
Je dis nous, car bien vous pensez
Que seul. j'eusse fait triste mine
Vis-à-vis de mes crustacés.

Une enfant blonde, aux cheveux lisses,
Daignait m'avoir pour cavalier...
Et partageait mes écrevisses
En cabinet particulier.

VII

Que vous dirai-je?... Elle était belle !
Nos cœurs battaient à l'unisson....
« Ah! si tu m'aimes, me dit-elle,
« Ne va plus à Pont-à-Mousson ! »
Je dus céder à ses caprices :
Le lendemain, pour varier...
Nous remangions des écrevisses
En cabinet particulier.

VIII

Dès lors un tourbillon m'entraîne...

Par l'engrenage je suis pris...

Deux jours, trois jours, une semaine,

Six mois... et je reste à Paris.

Je glissais dans des précipices,

Cherchant en vain à m'enrayer...

Il me fallait des écrevisses

En cabinet particulier !

IX

Le tête-à-tête obligatoire
Pas une fois ne fut banni :
Mais — brune ou blonde, blanche ou noire —
Il se changeait à l'infini.
Seul, présidant aux sacrifices,
Le menu restait régulier...
C'étaient toujours des écrevisses
En cabinet particulier !

X

Oh! ces femmes étaient divines !
Des mains ! des dents !... un sans-façon !
Et des œillades assassines
A troubler tout Pont-à-Mousson !
J'aurais voulu que tu les visses,
Saint Antoine, sans sourciller...
Croquant leurs pattes d'écrevisses
En cabinet particulier !

XI

Mais hélas!... Au bout d'une année
Je vis — sans être encore lassé ! —
Qu'en ma course désordonnée
Tout mon avoir était passé !
Plus rien!... Rentes et bénéfices,
Véronique... et mon mobilier...
Absorbés par les écrevisses
En cabinet particulier !

XII

Mais je suis d'une rude étoffe !

Et, guéri par cette leçon,

— Trop tard, hélas ! — en philosophe

Je revins à Pont-à-Mousson.

Pour expier mes anciens vices

J'y suis devenu marguillier...

Ne mangez jamais d'écrevisses

En cabinet particulier !

FIN